O MAIS LATINO DO FOLCLORE

mitos da cultura latino-americana

Luciana Garcia

O MAIS LATINO DO FOLCLORE

mitos da cultura latino-americana

Ilustrações de
Fábrica de Quadrinhos

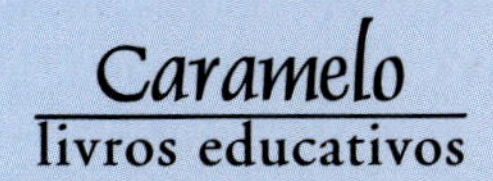

Diretora editorial: Flávia Helena Dante Alves Bravin
Gerente editorial: Carla Fortino
Editora: Fabiana Medina
Assistente editorial: Carlos Renato S. Silva
Diagramação: Eduardo Amaral / Duligraf

Suplemento de atividades: Luiza M. A. Garcia
Revisão: Fabiana Medina e Carla Fortino
Ilustrações: Fábrica de Quadrinhos
Ilustração de capa: Fábrica de Quadrinhos
Ilustrações das PP. 8-9: Roger Cruz e Bruna Brito
(extraídas das obras *O mais legal do folclore*, *O mais misterioso do folclore* e *O mais assustador do folclore*, Editora Caramelo)

Impressão e acabamento São Paulo, Brasil

CIP-BRASIL. CATALOGAÇÃO-NA-FONTE
SINDICATO NACIONAL DOS EDITORES DE LIVROS, RJ

G199m

Garcia, Luciana
O mais latino do folclore / Luciana Garcia. - São Paulo : Caramelo, 2009.
il.

Inclui bibliografia
ISBN 978-85-02-08371-4

1. Folclore - América Latina - Literatura infanto-juvenil. 2. Conto infanto-juvenil brasileiro. I. Título.

09-3276. CDD: 028.5
CDU: 087.5

06.07.09 10.07.09 013673

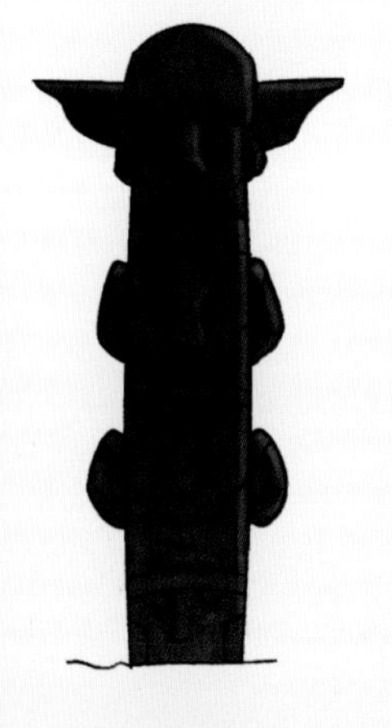

2009

Direitos exclusivos para a língua portuguesa
cedidos à Editora Caramelo,
um selo de Saraiva S.A. Livreiros Editores
Rua Henrique Schaumann, 270
CEP 05413-010 – São Paulo – SP – Brasil

Ao divertido THIAGUITO, sempre pronto para
ajudar a tornar possíveis as minhas maluquices.

À querida e sempre gentil OLIVIA DE LOURDES CORREA,
que me inseriu na cultura latina.

E aos LEITORES que, com seus recadinhos carinhosos
no Orkut, fazem ressurgir constantemente
em mim o desejo de continuar escrevendo.

Luciana

Dedicar é outra forma de dizer "Obrigado".
Obrigado a toda a EQUIPE que trabalhou neste projeto:
desenhista, colorista e arte-finalista.

Rogério Vilela, Fábrica de Quadrinhos

NOTA DA AUTORA

As informações sobre o folclore latino-americano, especialmente no que se refere aos mitos, variam muito de acordo com a região e a fonte pesquisadas.

A autora optou por manter a versão mais frequente nas pesquisas, ou a que melhor se adequava aos objetivos da obra, segundo seus critérios.

Também tomou a liberdade de adaptar alguns dos nomes em espanhol para uma forma correspondente em português, de maneira a facilitar a leitura e a pronúncia dos leitores.

GALERIA DE MITOS BRASILEIROS

Saci
Menino de pele negra com uma perna só que prega peças nas pessoas

Iara
Índia que vive no rio Amazonas e enfeitiça os homens curiosos

Flor-do-Mato
Menina loira que vive na floresta e comanda os animais

Curupira
Garoto de cabelo ruivo e pés invertidos que protege a natureza

Minhocão
Minhoca gigante que come tudo o que vê pela frente

Moça de Branco
Mulher vestida de branco que vaga à noite perto de capelas e cemitérios

Caipora
Ser peludo e grande que protege e ressuscita animais

Anhangá
Cervo branco ou vermelho protetor da natureza

Princesa Encantada
Princesa transformada em serpente de ouro com cabeça e pés humanos

Boitatá
Cobra de fogo amarela e azul que evita queimadas na mata

Lobisomem
Metade homem, metade lobo, que se transforma na lua cheia

Cavalo-Marinho
Cavalo branco amazonense cujas cauda e crina são formadas de fios de ouro

Bruxa
Mulher idosa de maus modos que se transforma em mariposa ou coruja

Mula-sem-Cabeça
Mulher que se transforma à meia-noite nas sextas-feiras

Ipupiara
Monstro marinho de São Vicente, no litoral de São Paulo, que ataca banhistas

Negrinho do Pastoreio
Ex-escravo bondoso capaz de encontrar objetos perdidos

Alamoa
Rainha que se transforma em caveira e aprisiona homens nas rochas

Boto
Animal parecido com golfinho que à noite se transforma em homem galante para participar de festas

Negro D'Água
Homem-peixe que esconde um tesouro no fundo do rio

Mãe-do-Ouro
Entidade que voa em forma de bola de fogo e indica onde há ouro escondido

Cuca
Espécie de dragão que faz feitiçarias e leva um saco para prender suas vítimas

GALERIA DE MITOS BRASILEIROS

Chupa-Cabras
Extraterrestre com garras que suga o sangue de animais

Labatut
Monstro de um olho só e presas iguais às de um elefante que mora no Fim do Mundo

Mapinguari
Espécie de macaco grande e com garras cuja boca se situa no lugar da barriga

Loira do Banheiro
Assombração que aparece no banheiro feminino das escolas

Cabra-Cabriola
Bicho de dentes afiados que emite chispas de fogo dos olhos e do nariz

Jurupari
Senhor dos pesadelos, do sonambulismo e da insônia, que vive na floresta e se enfeita com flores

Amazonas
Guerreiras da floresta amazônica que vivem em uma tribo formada só por mulheres

Tutu
Animal preto e sem forma definida que se esconde atrás das portas das casas

Quibungo
Ser com um buraco nas costas especialmente reservado para aprisionar suas vítimas

Pernafina
Pernalta que surge nas estradas à noite para assustar os caminhoneiros

Gorjala
Gigante de pele totalmente preta que atravessa abismos e precipícios com um só passo

Chibamba
Mito que se veste com folhas de bananeira, dança e ronca como um porco

Encantadas
Ninfas cantoras do litoral paranaense que flutuam no chão e encantam pescadores

Pai-do-Mato
Bicho de unhas enormes com pés de cabrito e um círculo em torno do umbigo

Pisadeira
Mulher de aparência muito feia que atrapalha o sono pisando sobre o peito das pessoas

Carbúnculo
Gênio em forma de réptil capaz de realizar desejos quando capturado

Alma-de-Gato
Fantasma invisível que aparece à noite na forma de um gato com olhos de fogo

Zumbi
Homem negro que vaga pelas ruas e é capaz de aumentar várias vezes o seu tamanho

Matintapereira
Ave enfeitiçada que se transforma em ser humano e apronta confusões

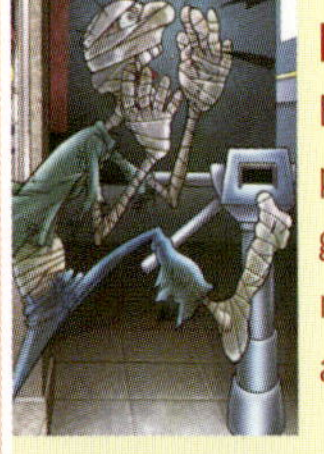

Bradador
Entidade que corre por ruas e campos gritando e berrando nas sextas-feiras após a meia-noite

Capelobo
Bicho com nariz de tamanduá, longos pelos e cabelos negros e um único pé

SUMÁRIO

Uma viagem exótica 13
A Madresselva 20
A Chorona 22
Os Aluxes 24
A Cégua 26
O Pombeiro 28
A Voadora 30
Os Condenados 32
O Cipitín 34
A Madredeagua 36
O Tio das Minas 38
Os Caderros 40
A Sayona 42
O Caleuche 44
A Feiticeira Loira do Domuyo 46
Revela ações 48
Bibliografia 54

UMA VIAGEM EXÓTICA

— Ei, seu folgado! Não abaixe tanto o banco que está me incomodando! — a Cabra-Cabriola reclamava com o assustado vizinho da frente, o Cavalo-Marinho, que rapidamente se encolheu enquanto o gigante Gorjala tentava se ajeitar ocupando todo o corredor que dava no banheiro.

Em meio a estranhos sons, como os gritos do Bradador e os roncos do Chibamba, os passageiros comuns se espremiam, tremendo, contra os últimos assentos da aeronave em pleno movimento, e só se acalmaram um pouco quando as Encantadas começaram a cantar uma suave melodia.

Iara e o Negro D'Água não desgrudavam da janela, observando a Cordilheira pintada de neve que se destacava entre o céu turquesa e as terras marrom-esverdeadas lá embaixo, mas as luzinhas das estrelas da Mãe-do-Ouro faziam reflexo no vidro, atrapalhando a visão do casal, que devolvia caretas em reprovação.

— Guaraná ou suco, senhor? — perguntavam as comissárias de bordo, não poucas vezes explicando pacientemente que não, não poderiam substituir as bebidas por pedidos excêntricos como sangue ou unhas, respectivamente solicitados pelo Chupa-Cabras e pela Mula-sem-Cabeça.

Ouvindo a cada dez minutos a pergunta "Falta muito?", vinda do inquieto Curupira, eles voavam em direção ao seu destino, numa excursão um tanto exótica.

Depois que o Pai-do-Mato saiu do banheiro reclamando da falta de privacidade por ter dado de cara com a Loira do Banheiro ao se olhar no espelho, o recado gaguejante do piloto anunciou a descida do avião em Santiago do Chile. Imediatamente, o Negrinho do Pastoreio lembrou a todos que já havia providenciado que fossem diretamente do aeroporto para o Salão de Eventos, onde seria realizado o I Congresso Latino-Americano de Marketing Pessoal para Mitos, Monstros e Criaturas Estranhas.

Tratados como verdadeiras celebridades, em função da bem-sucedida manifestação dos monstros para atingir maior popularidade,* os demais mitos brasileiros aproveitaram a fama e tinham agora a missão de expor aos colegas de vários países da América Latina suas estratégias para obter sucesso. Evidentemente, Negrinho tinha propósitos mais nobres para a iniciativa, como promover a integração com os países vizinhos do Brasil. Mas não se pode dizer o mesmo dos colegas, que aproveitariam a oportunidade, inclusive, para vender seu recente *best-seller*, um livro de autoajuda intitulado *Como Ser um Monstro Popular — Mesmo Sendo Mau.*

---

* N. do E.: Ver *O Mais Assustador do Folclore,* 2005.

Já em terra firme, tudo pareceu correr como o esperado. Foram conduzidos à sala de convenções do hotel, de onde se via ao fundo grandes janelas com a mais bela paisagem: atrás das árvores e dos prédios, o céu claro contornava as montanhas, cujo cume ainda estava coberto pela neve que começava a escassear com a chegada da primavera. Todos se acomodavam nas cadeiras bege, macias e aveludadas, alguns carregando garrafinhas de água mineral. As cortinas tipo *black out*[1] foram então fechadas e as luzes apagadas, para enfim começar a apresentação de slides brilhantemente conduzida pela Cabra-Cabriola — brilhantemente mesmo, já que, vez ou outra, ela soltava suas famosas chispas de fogo.

Os mitos latinos se surpreendiam ao ver as fotos das passeatas realizadas pelos monstros brasileiros em 2005 na Avenida Paulista, o marco que definitivamente consagrou os personagens na "calçada da fama" brasileira. Apesar de se irritar com algumas interrupções, a Cabra até que conseguiu se controlar, pois cada vez que pensava em punir o tagarela inoportuno recebia olhares de reprovação das Amazonas, gesto suficiente para lembrá-la de que dependiam do sucesso da apresentação para receber o pagamento prometido. E assim continuava ela, em seu portunhol capengo — afinal, monstros não gostam de estudar —, arrancando risinhos abafados vez ou outra dos mais sabidos.

A apresentação prosseguia bem, até que, num determinado momento, algo estranho aconteceu. O computador pifou de repente, os slides se apagaram, e todos ficaram na mais completa escuridão. Por estarem entre

1 Que deixam o local todo escuro, impedindo a passagem de luz natural.

figuras um tanto não confiáveis, muitos ficaram agitados, imaginando que se tratava de alguma cilada, e andaram de um lado para o outro. Por exemplo, a Chorona — claro — começou a chorar. Ao mesmo tempo, outros seres, mais tranquilos, como o Anhangá, lembravam que problemas com computadores eram a coisa mais normal do mundo e que provavelmente em poucos minutos tudo seria resolvido.

A verdade é que não foram poucos os minutos na escuridão, mas também não foram eternos: um funcionário do hotel que, a muito custo, foi convencido pela atenta central de manutenção a entrar no salão e ajudar aqueles entes assustadores, conseguiu, com a ajuda de sua lanterna, restaurar a energia e fazer tudo voltar a funcionar. Mas saiu correndo tão apressado que até deixou cair do bolso a planta elétrica da sala de convenções. Quando iam prosseguir, entretanto, a Moça-de-Branco alertou:

— Esperem um pouco! Parece que a Loira sumiu! Ela estava aqui do meu lado, falando mal da roupa da Sayona, quando a luz apagou!

Nova agitação tomou conta dos mitos, que não ouviram a Sayona resmungando num canto, despeitada.

— Essa não! A Loira do Banheiro sumiu? — perguntou impaciente o Matintapereira, temendo também que o transtorno o impedisse de receber sua parte do dinheiro.

— *Náum*, eu *estoy biem* aqui — a Loira do Banheiro respondeu a todos com um aceno, saindo de trás do Capelobo, que apoiava um dos braços numa cadeira.

— Quem sumiu foi a outra loira: a Feiticeira Loira do Domuyo — corrigiu a Moça-de-Branco.

O burburinho foi aumentando. Como ela poderia ter saído dali sem que ninguém visse? Estava tudo escuro, e, se a porta principal tivesse sido aberta naquela hora, a entrada de luz a denunciaria — o que certamente não havia ocorrido na rápida entrada e saída do medroso funcionário.

— Será que ela não fez um feitiço de desaparecimento? — perguntou o Curupira, como sempre curioso.

— Acho que não — respondeu o Alma-de-Gato. — Esse feitiço é muito específico; só quem nasce com esse dom consegue executá-lo. E não acho que a Feiticeira Loira tenha essa habilidade...

— Então... isso está com cara... de crime — insinuaram as Encantadas, deixando um silêncio inquietante no ar.

Para desagrado dos brasileiros, o que mais receavam aconteceu: o Negrinho do Pastoreio, com seu jeitinho respeitoso, tomou o microfone da mão da Cabra e fez seu anúncio:

— Por causa dos recentes acontecimentos, terei de instaurar uma C.P.P.I., a Chamada Particular Para Investigação.

E assim foi feito. Negrinho não disse nada, mas sabia que, se havia um culpado, não seria um brasileiro, pois todos estavam ansiosos para terminar a apresentação e receber seus honorários. A suspeita real vinha dos próprios convidados latino-americanos. Será que eles tinham interesse em incriminar os brasileiros? De todo modo, a primeira providência tomada foi pegar a lista de convidados e conferir se todos estavam ali. Um por um, Negrinho foi verificando os nomes, e, para sua surpresa, constatou que não faltava ninguém: Cégua, Cipitín, Chorona, Aluxes, os dois Caderros, os tripulantes do Caleuche, Condenados, Voadora, Madresselva, Pombeiro, Sayona, Tio das Minas e Madredeagua — todos continuavam presentes.

Apesar de parecer um problema insolúvel, Negrinho não se intimidou. Deu 15 minutos de intervalo — por sinal, muito bem recebidos pelos espectadores, já um tanto entediados pela palestra —, pedindo apenas que não saíssem da sala. Então, todos, brasileiros e não brasileiros, correram para as mesinhas dos fundos para encher a pança com as guloseimas do *brunch*, a melhor parte do dia, esquecendo-se temporariamente da amiga Feiticeira Loira.

Foi nesse momento que um uivo distante e abafado, parecendo o de um cão, atraiu a atenção do Negrinho para um canto do salão. Um ponto do chão no corredor lateral atraiu seu olhar. A solução parecia mais próxima do que momentos antes.

Para descobrir o culpado, siga as dicas abaixo:

1. Preste atenção nos detalhes da história e leia atentamente as fichas de todos os personagens.

2. Observe os mapinhas das ilustrações.

3. Procure duas pistas escondidas ao longo do livro.

Quando reunir o maior número de informações e chegar às suas próprias conclusões, vá até a página 48 e leia o desfecho da história para ver se acertou.

(Mas antes disso, se não conseguir descobrir sozinho, não desanime; talvez você precise primeiro aprender a decifrar códigos e anagramas...)

A MADRESSELVA

A Madresselva é uma figura esverdeada, coberta por folhas caídas, capaz de se camuflar facilmente no meio do mato.

Com tronco, braços e mãos fortes, ela domina o vento e a chuva, causando tremores na terra de vez em quando com seu canto.

Crianças pequenas costumam ficar atordoadas com o barulho, e a estranha mulher se aproveita da situação para levá-las pela mão a um local oculto atrás das cachoeiras.

Responsável pelas montanhas e pelas florestas, ela aprisiona quem quer que tente destruí-las e faz com que pessoas se percam
na floresta.

Para se livrar dela, basta lhe oferecer tabaco, insultá-la ou lhe dar umas chicotadas.

Nome: Madresselva
Lugar: Colômbia
Tribo: ecológica
Qualidade: responsável
Defeito: controladora
Parente distante: Caipora
Cor: verde

A CHORONA
Nome: Chorona
Lugar: Guatemala
Qualidade: sensibilidade
Defeito: sensibilidade
Tribo: das assombrações
Adora: filmes dramáticos
Detesta: gente feliz

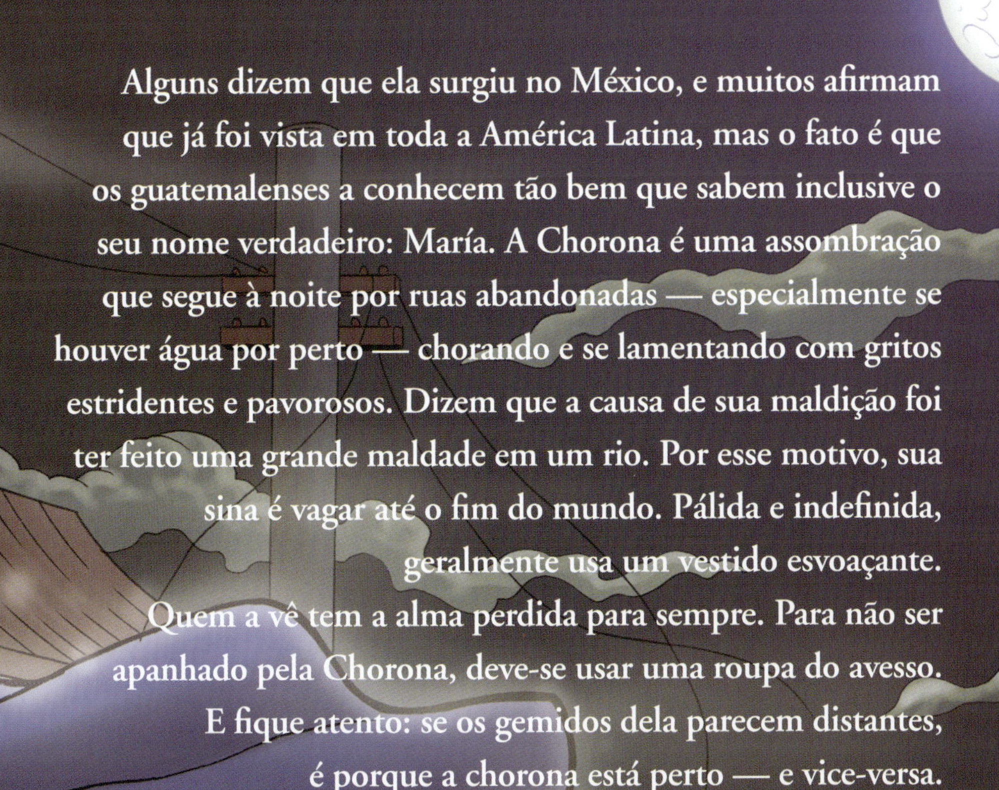

Alguns dizem que ela surgiu no México, e muitos afirmam que já foi vista em toda a América Latina, mas o fato é que os guatemalenses a conhecem tão bem que sabem inclusive o seu nome verdadeiro: María. A Chorona é uma assombração que segue à noite por ruas abandonadas — especialmente se houver água por perto — chorando e se lamentando com gritos estridentes e pavorosos. Dizem que a causa de sua maldição foi ter feito uma grande maldade em um rio. Por esse motivo, sua sina é vagar até o fim do mundo. Pálida e indefinida, geralmente usa um vestido esvoaçante. Quem a vê tem a alma perdida para sempre. Para não ser apanhado pela Chorona, deve-se usar uma roupa do avesso. E fique atento: se os gemidos dela parecem distantes, é porque a chorona está perto — e vice-versa.

OS ALUXES

Os Aluxes são pequenos duendes que se originaram de ídolos de barro encontrados nas tumbas de antigos índios após um feitiço. Especialmente à noite, sob a lua cheia, gostam de vagar pelos bosques, correndo em torno das fogueiras que os homens se esquecem de apagar. São ágeis, ligeiros e travessos, por isso é difícil vê-los. Como gostam de caçar, geralmente estão acompanhados de um cãozinho do tamanho deles e munidos de rifles. Costumam vestir sombreiros e alpargatas. Os Aluxes sobem e descem de árvores, atiram pedras e roubam o fogo. Se passam a mão na frente do rosto de uma pessoa, esta pode ficar com febre e vomitar. São amigos de quem os trata bem, mas inimigos de quem os destrata, realizando diversas travessuras. Para conquistá-los, é necessário oferecer-lhes potinhos de mel.

Nome: Aluxes
Lugar: México
Tribo: gnomos, duendes e afins
Brincadeira: todas
Mania: roubar as sementes das hortas
Prato preferido: pozole[2]
Realização: participação especial em um episódio do programa *Chaves*

2 Prato típico mexicano à base de milho e carne.

A CÉGUA

A Cégua é uma aparição noturna fantasmagórica. Costuma surpreender quem anda em caminhos solitários, especialmente homens mulherengos. Num primeiro momento, é uma bela mulher. Sua belíssima voz canta e encanta os homens, do mesmo modo que as sereias. Depois de algum tempo, porém, seu rosto atraente se transforma em nada menos do que uma cabeça de égua assombrada e cadavérica. A Cégua adora se banhar no rio e pentear sua crina com uma espécie de pente de ouro, e, se alguém a vê, se torna louco. Em seu ataque, ela morde a bochecha da vítima, deixando a marca para sempre. O beijo da Cégua, entretanto, é fatal.

Nome: Cégua
Lugar: Costa Rica
Parente distante: Mula-sem-Cabeça
Adora: dar susto
Detesta: mentira
Mania: de fazer careta
Tribo: das assombrações

O POMBEIRO

O senhor dos pássaros noturnos é um ser baixo, feio, fraco e peludo, que tem a capacidade de imitar o canto dos pássaros, o assobio dos homens, o sibilar das serpentes e o uivo dos lobos. Seus braços são tão compridos que se arrastam no chão.Aparece também como um velho de pele vermelha, dentes de cachorro e um único olho. O Pombeiro mora em montanhas, em geral em cabanas afastadas e abandonadas, e gosta de dormir dentro do forno. Tem o poder de se transformar em homem, tronco de árvore ou qualquer tipo de animal, sendo capaz de se esconder e de percorrer áreas tão estreitas quanto o buraco de uma fechadura. Com seu sombreiro de palha e a bolsa a tiracolo, aproveita a hora da sesta[3] e leva para longe os meninos que ficam caçando pássaros em vez de dormir, deixando-os assustados e perdidos. Para conquistá-lo, basta entregar-lhe mel ou tabaco negro para mascar. Quem conquistar sua amizade terá nele um aliado de confiança. Porém, quem dele falar mal enfrentará muitos transtornos que ele provocará como vingança.

Nome: Pombeiro
Lugar: Paraguai
Parente distante: Matintapereira
Prato preferido: ovos frescos
Adora: música
Detesta: maledicência
Mania: de isolamento

3 Hábito, em alguns países, de tirar um cochilo para descansar após o almoço.

A VOADORA

Se ouvir cães uivando em uma noite sem lua, atenção: esse pode ser o sinal de que a Voadora se aproxima. Também conhecida como Guarmi Volajun, a Voadora é uma mulher linda de longos cabelos vermelhos. Enfeitada com um aro de fogo forte o suficiente para iluminar a escuridão, ela costuma sair de trás de um monte e se elevar ao céu, cruzando o horizonte. Filha de antigos deuses vencidos em batalhas divinas, ela mora no planeta Vênus, muito perto da Terra. Bondosa, de vez em quando aproveita para vir matar as saudades dos homens e do local onde seus antepassados reinaram.

Nome: Voadora
Lugar: Equador
Parente distante: Mãe-do-Ouro
Hobby: voo livre
Qualidade: delicadeza
Defeito: inocência
Melhores amigos: os cães

OS CONDENADOS

Os Condenados são espíritos errantes que fizeram maldades no passado, em vida. Até pagarem por sua culpa e poderem chegar ao céu, eles vagam pela terra, assustando as pessoas. Encapuzados e vestidos de preto, geralmente andam sós. Pálidos e cadavéricos, também podem ser identificados pelo som de seus gemidos e de correntes arrastando-se. Às vezes, escondem-se entre os vivos, especialmente durante as procissões da Semana Santa — dessa maneira, buscam diminuir o tempo de sua pena. Como não poderia deixar de ser, costumam se ocultar em covas e em regiões próximas a cemitérios. O crucifixo e a manta de lhama protegem qualquer pessoa dos Condenados. Como alternativa, pode-se também usar uma faixa toda colorida. Mas é importante surpreendê-los, e não ser surpreendido; do contrário, eles podem aprisionar o pobre desavisado.

Nome: Condenados
Lugar: Peru
Parente distante: Zumbi
Tribo: das assombrações
Adoram: Páscoa
Detestam: sal e sabão em seu capuz
Mania: de perseguir os bonzinhos

O CIPITÍN

Filho da Siguanaba, o Cipitín é um duende protetor das flores e das plantas que tem a aparência eterna de um menino de dez anos.Ele adora dançar entre as árvores, e, para saltar de um lugar a outro, costuma se apoiar em uma lança feita de cana verde. Com brilhantes olhos negros e pele cor de canela, é tão lindo que as meninas ficam curiosas para vê-lo, mas, arisco, vive escondido na mata.Há quem diga que ele mora com sua companheira Tenácin dentro de um vulcão. Em geral, os dois são encontrados em locais próximos à beira de rios onde existam lírios. Para notá-los, deve-se ficar atento às flores que caem das árvores: eles costumam jogá-las carinhosamente ao balançar os ramos das árvores frondosas, onde se mantêm ocultos. Também costumam cantar suavemente, mesclando a melodia ao canto dos pássaros.

Nome: Cipitín
Lugar: El Salvador
Melhores amigos: Curupira e Flor-do-Mato
Adora: perfume
Detesta: bisbilhoteiros
Tribo: ecológica
Hobby: salto com vara

A MADREDEAGUA

A Madredeagua é a versão argentina da Iara. Trata-se de uma mulher lindíssima que vive nas águas dos rios que desembocam no mar. Silenciosa, também surge em charcos e pântanos. A Madredeagua enfeitiça os homens aparecendo e reaparecendo em diferentes locais durante um curto espaço de tempo.

Apesar da aparente delicadeza, ela é na verdade uma entidade muito má que devora sua vítima e bebe seu sangue.Mesmo aqueles que conseguem escapar de sua armadilha não encontram destino promissor: terminam por ficar entristecidos e apáticos, perdendo o interesse por todas as coisas. Ainda assim, mantêm na memória as vivas lembranças dessa sereia do mal.

Nome: Madredeagua
Lugar: Argentina
Parente distante: Iara
Ponto forte: aparência
Ponto fraco: voz
Hobby: hipnotismo
Livro: *A pequena sereia*

O TIO DAS MINAS

O chamado Tio das Minas é Huari, um deus do mal aprisionado na montanha pela bondosa Nhusta, protetora dos mineiros. A aparência diabólica dele inclui boca e nariz negros, cauda e chifres. Quando está nervoso, ele faz a terra tremer e provoca acidentes nas minas, além de destruir as galerias subterrâneas. Para aplacar sua ira, os mineiros o chamam de Tio, lembrando-o de seu parentesco. Assim, Huari se tranquiliza e permite que os tesouros das montanhas sejam encontrados. Mas nem sempre foi assim. Diz a lenda que Huari era um deus mau que tinha de fato como sobrinhos um povo mineiro. Quando os mineiros resolveram mudar uma vida de má conduta e se tornar bons, Huari ficou com raiva e cercou-os com monstros: uma serpente enorme vinda do sul, um sapo gigante do norte;um lagarto monstruoso e uma praga de formigas do leste. Do oeste, entretanto, surgiu a Nhusta, com sua espada mágica, que lutou contra as pestes por vários dias, finalmente vencendo Huari. Desse dia em diante, os monstros viraram pedras, as formigas, areia, e Huari deixou de ser o senhor das montanhas, sendo condenado a ficar para sempre preso nas profundezas da montanha.

Nome: Tio das Minas
Lugar: Bolívia
Adora: fortuna
Detesta: escrúpulos
Ponto fraco: claustrofobia
Hobby: escavação
Livro: *Viagem ao centro da Terra, de Júlio Verne*

15 3 21 12 16 1 4 15
5 5 17 5 13 15
16

OS CADERROS

O Caderro é um cão sobrenatural que aparece entre as vinte e três horas e a meia-noite. Há, no entanto, dois tipos de Caderro: o negro e o branco.

O branco é bom e escolta as pessoas até suas casas, protegendo-as dos maus espíritos, enquanto o negro, malvado, perambula pelas noites com o único objetivo de atacar. O Caderro negro usa uma coleira branca e arranha as garras no chão. Ele golpeia a vítima e a derruba, mas não a morde. Ainda assim, faz algum estrago: a vítima pode ficar ferida, tonta, com febre etc. — claro, isso no caso de conseguir escapar!

Quando os dois cães se cruzam, travam uma violenta briga, que em geral termina com o branco sendo o vencedor. Na verdade, o Caderro branco anda pelas ruas justamente com o propósito de impedir que o negro faça suas maldades. Apesar de sempre se enfrentarem, os Caderros nunca conseguem matar um ao outro.

Nome: Caderro
Lugar: Nicarágua
Parente distante: Lobisomem
Tribo: das assombrações
Prato preferido: o mesmo de qualquer cão
Adora: trabalhar à noite
Detesta: gatos

A SAYONA

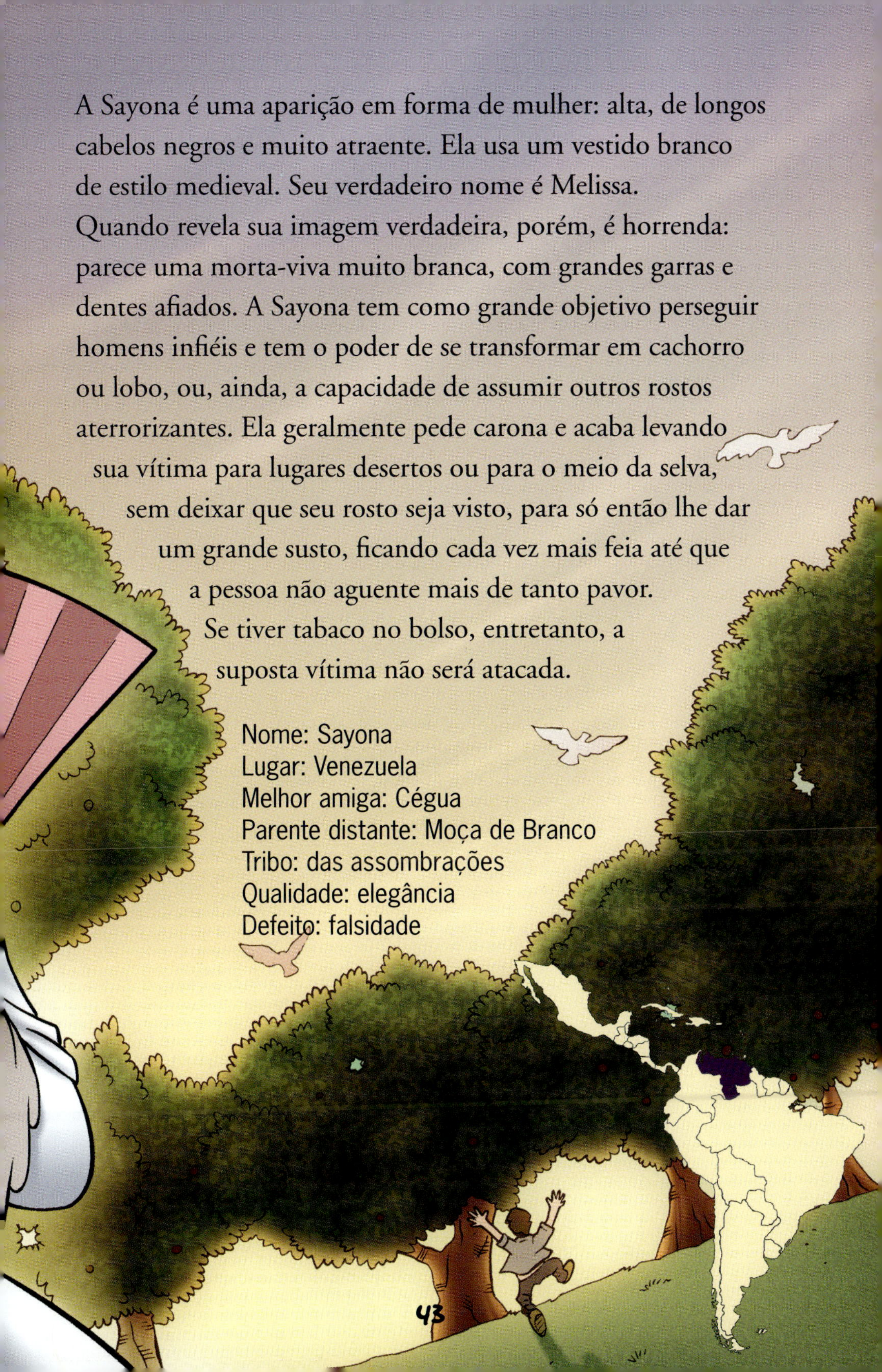

A Sayona é uma aparição em forma de mulher: alta, de longos cabelos negros e muito atraente. Ela usa um vestido branco de estilo medieval. Seu verdadeiro nome é Melissa. Quando revela sua imagem verdadeira, porém, é horrenda: parece uma morta-viva muito branca, com grandes garras e dentes afiados. A Sayona tem como grande objetivo perseguir homens infiéis e tem o poder de se transformar em cachorro ou lobo, ou, ainda, a capacidade de assumir outros rostos aterrorizantes. Ela geralmente pede carona e acaba levando sua vítima para lugares desertos ou para o meio da selva, sem deixar que seu rosto seja visto, para só então lhe dar um grande susto, ficando cada vez mais feia até que a pessoa não aguente mais de tanto pavor. Se tiver tabaco no bolso, entretanto, a suposta vítima não será atacada.

Nome: Sayona
Lugar: Venezuela
Melhor amiga: Cégua
Parente distante: Moça de Branco
Tribo: das assombrações
Qualidade: elegância
Defeito: falsidade

O CALEUCHE

"Iaiaô! Iaiaô!
De leste a oeste, de norte a sul,
Vamos festejando no mar azul
Iaiaô! Iaiaô!
E se acontecer um mistério
Os *nocasexim* não levem a sério."

O Caleuche não é exatamente um personagem, mas um navio-fantasma que, em meio a nevoeiros, conduz várias assombrações pelos mares chilenos. Quando menos se espera, suas velas brancas surgem das profundezas para a superfície, às vezes em profundo silêncio, mas geralmente com altos ruídos de festa, risos, música, canto e alegria. Sua tripulação é formada por antigos náufragos, navegadores e piratas, que sempre encontram motivos para festejar. Durante as festas, bruxos do mar se aproximam, montados em seus cavalos-marinhos.

O Caleuche muitas vezes surge para ajudar barcos desorientados a encontrar de volta seu rumo, rebocando-os em alta velocidade a um porto seguro, ou para receber espíritos de marinheiros necessitados. Ele também zela por todas as criaturas marinhas. O navio não pode, porém, ser perseguido; nessas ocasiões, transforma-se em um tronco de árvore flutuante ou em uma foca escorregadia, para despistar os curiosos. Geralmente desaparece tão bruscamente quanto apareceu.

Nome: Caleuche
Lugar: Chile
Ídolo: o Holandês Voador
Qualidade: alto-astral
Defeito: sem-noção
Tribo: das assombrações
Cor: azul-marinho

A Feiticeira Loira do Domuyo

Habitando a cratera do vulcão Domuyo, nas terras solitárias da Patagônia, a Feiticeira Loira faz sua vigília, acompanhada de dois espíritos em forma de animais. Um deles é um touro alazão com grandes chifres; o outro é um cavalo de pelos negros e brilhantes e olhos roxos faiscantes. Quando algum forasteiro tenta escalar a encosta do vulcão, a Feiticeira fica irritada e seus ajudantes se encarregam de protegê-la, atirando pedras e provocando neve, raios, trovões, furacões e tormentas. Dizem que ela guarda imensos tesouros no interior do vulcão, e que mantém uma menina de cabelos cor de mel enfeitiçada e aprisionada para ajudá-la a proteger seu ouro.

Nome: Feiticeira Loira do Domuyo
Lugar: Patagônia
Ponto forte: poder
Ponto fraco: dependência
Mania: de insegurança
Hobby: escalada
Ídolo: Maga Patalógica, de Walt Disney

REVELA AÇÕES

Depois de todos se fartarem, a frase já esperada ressoou no microfone, com a suave voz do Negrinho:

— Já sei quem é o culpado.

— Ohhhhhh — exclamaram todos, surpresos.

Os espectadores hispânicos vibravam com a notícia, enquanto os brasileiros continuavam tensos em relação ao sucesso do congresso.

— Ou melhor, quem *são* os culpados. Venham comigo.

Todos o seguiram até a lateral do palco, onde uma portinha, propositadamente camuflada na mesma madeira da parede, revelava um armário de produtos de limpeza. Negrinho tentou abrir a porta, mas ela estava trancada. Então, com uma leve ajuda do Gorjala para arrombá-la (a porta de madeira pesada saiu na mão dele como uma folha de papel), ela se abriu revelando, num primeiro momento, apenas a Loira do Banheiro — a qual, tão logo teve as mãos desamarradas, tirou todo o algodão da boca.

— Ohhhhhh — exclamaram todos pela segunda vez, olhando em seguida para a outra Loira do Banheiro que estava entre eles.

— Esta aqui, que estava presa, é a verdadeira Loira do Banheiro — informou Negrinho. — A que está entre nós é uma impostora. Mais precisamente, a Feiticeira Loira, transfigurada na Loira do Banheiro.

A Feiticeira Loira, nesse momento, imediatamente voltou à sua forma normal.

— Ah, não, Negrinho! Não é possível! Você deve ter feito algum curso com o Sherlock Holmes! Como foi que descobriu isso?!? — perguntou o Boto, sem disfarçar uma pontinha de inveja.

— Bem, eu não teria descoberto tão facilmente se ela não tivesse se enrolado para falar em português, especialmente sem conseguir pronunciar o "ão" da palavra "não". A Loira do Banheiro é paulistana, e tem um sotaque forte.

— Meu, *num* tô *intendendo*, *gentchi*! Até parece! — reclamou a Loira.

Labatut, que já era geralmente confuso, e agora estava ainda mais, não resistiu e perguntou:

— Mas a Loira do Banheiro se prendeu lá sozinha?

— É claro que não, seu cabeça-oca! — respondeu a própria, que já começava a perder a palidez depois de tantos minutos presa em um local sem reflexo. — A culpa é toda deles!

Por um momento, ninguém entendeu a quem ela se referia ao apontar para o nada perto da porta recém-arrancada do armário, mas, quando Negrinho colocou no chão um potinho de mel, imediatamente cinco gulosos e pequeninos Aluxes se dirigiram para ele, saindo de trás das vassouras no armário acompanhados de seu cãozinho minúsculo.

— Então foram esses tampinhas?! — espantou-se o poderoso Lobisomem. — Quem diria... Pelo jeito, tamanho não é documento mesmo!

— Sim, foram eles os culpados — Negrinho explicou. — A Feiticeira foi apenas uma cúmplice, para dificultar as coisas. Eu percebi algo errado quando ouvi o uivo de um cão vindo deste lado e confirmei ao notar a planta deixada no chão pelo funcionário do hotel: a fiação elétrica e a lâmpada indicavam que havia um cômodo ali, e, apesar de não vermos facilmente, o armário era o único local possível para esconder alguém aqui dentro do salão. Os Caderros, o Pombeiro e a Voadora, que imitam uivos ou são acompanhados de cães, estavam presentes na sala, então ficaram fora de suspeita. Mas os Aluxes, que são pequenos e estão sempre em grupos numerosos, não foram controlados um a um pela lista de presença, e não notamos quando alguns deles saíram sorrateiramente. Por serem extremamente ágeis, conseguiram fazer tudo de modo rápido e sem serem vistos no meio do tumulto: cortaram a energia, provavelmente retirando ou soltando um fusível, amarraram as mãos da Loira, puseram mais algodão em sua boca para impedi-la de gritar e puxaram-na correndo pelos cantos da sala até que ela fosse presa por dentro no armário com eles. Pude concluir isso porque vi caído um pouco de algodão bem nesse corredor lateral, por onde ela deve ter sido arrastada.

— Tudo bem, você descobriu de novo o culpado e resolveu

o problema, mas ainda não entendi por que essa palhaçada de prenderem a Loira no armário de limpeza! Estão querendo uma empregada doméstica, por acaso? — perguntou Coia, a chefe feminista das Amazonas.

Foi então que a Cégua, até o momento calada, interveio:

— Brilhante. Sensacional. Estupendo. Negrinho, você é nosso ídolo! E vocês, Aluxes, foram impecáveis.[4]

Os brasileiros se entreolharam um tanto perdidos. A Mula--sem-Cabeça decidiu se manifestar:

— Que história é essa, prima? Vai me dizer que você também é cúmplice do crime? Olha a moral da família... Somos más, porém honradas!

A monstra então continuou:

— Não é bem assim. A verdade é que nós convidamos vocês brasileiros para o congresso para saber de fato um pouco mais sobre seu sucesso e experiência. Porém, mais do que tudo, a fama da C.P.P.I. do Negrinho superava tal intenção! Estávamos loucos para acompanhar uma de suas investigações, e contamos com a ajuda dos Aluxes para conseguir que isso acontecesse. Eles pensaram em sequestrar a Loira do Banheiro porque, sendo ela uma das personagens mais famosas, certamente chamaria a atenção de todos, dando início às investigações. Mas depois a Feiticeira deu a ideia da transfiguração, que tornou tudo mais interessante ainda.

A Loira do Banheiro, claro, não conteve um sorrisinho de satisfação ao ouvir isso. Já a Cuca, enciumada, retrucou:

---

4 Fala já traduzida para o português, para facilitar a vida dos leitores.

— Você quer dizer que nos fizeram de bobos?

— De forma alguma — a Cégua a acalmou. — No final das contas, aprendemos muito com vocês, e os admiramos também. Se tivéssemos pedido uma apresentação da C.P.P.I., teria ficado muito forçado, e por esse motivo tivemos de manter segredo.

A Voadora, mais sensível e diplomática, resolveu pôr um fim estratégico na discussão:

— Tanto é assim que, para comemorar o sucesso deste encontro, já deixamos reservado um hotel para todos vocês nas montanhas, onde esquiaremos e curtiremos a neve antes que ela se vá com a primavera!

Nesse momento, os brasileiros, claro, mudaram de expressão. A viagem não tinha sido de todo má, então. Tinham conhecido um país novo, sido reconhecidos como bem-sucedidos no que faziam e ainda por cima estenderiam o passeio num ambiente muito diferente daquele que conheciam, fazendo novos amigos.

Assim, terminada a apresentação com os devidos cumprimentos — e muitos autógrafos nos livros, para a alegria de egocêntricos como a Bruxa —, todos os mitos chegaram ao final do dia comendo empanadas de queijo e tomando um delicioso chocolate quente na estação de esqui, sendo alegrados pela música dos tripulantes do Caleuche, que tocavam e cantavam em conjunto com a Iara e as Encantadas uma interessante e original bossa-latina.

BIBLIOGRAFIA

Contos da América do Sul. 2ª ed. São Paulo, Paulus, 1995.

Hispania: Revista Cultural Latinoamericana. Ano 1, nº 4. Hispana Editora, 1997.

ACOSTA, Maria (Recompilação). *Cuentos y Leyendas de América Latina: los Mitos del Sol y la Luna.* Barcelona, Oceano Âmbar, 2002.

ACQUAVIVA, Marcus Cláudio. *Lendas e Tradições das Américas: Arqueologia, Etnologia e Folclore dos Povos Latino-Americanos.* 2ª ed. São Paulo, Hemus, [s/d].

MARECHAL, Rodolfo Hoffmann. *Los Hijos del Bosque: el Libro Secreto de la Vida em los Bosques Mares y Montañas del Chile Meridional.* Santiago, Pehuén, 1998.

MONTES, Nahuel (Seleção e prólogo). *Cuentos, Mitos y Leyendas Patagónicos.* 2ª ed. Buenos Aires, Ediciones Continente, 2000.

PENROZ, Ziley Mora. *Diccionario del Mundo Invisible y Catálogo de los Seres Fantásticos Mapuches.* Concepción, Kushe, 2001.

ROSEN, Brenda. *The Mythical Creatures Bible.* Londres, Hachette, 2008.

Wikipedia: la Encilopedia Libre. Disponível em: http://es.wikipedia.org.

CONHEÇA OUTROS TÍTULOS DA SÉRIE!

A touca mágica do Saci foi roubada e agora ele tem de descobrir, com a ajuda do Negrinho do Pastoreio, quem é o malvado vilão responsável por isso. Entre os doze suspeitos estão o Lobisomem, a Mula-sem-Cabeça, o Caipora e muitos outros. Participe das investigações procurando as pistas escondidas ao longo do livro, que traz os personagens mais famosos do folclore brasileiro!

Na terra das Amazonas, o Sol desapareceu, e dessa vez o Negrinho do Pastoreio é chamado para investigar não só como isso aconteceu, mas, principalmente, quem foi o responsável pelo estranho fenômeno! Personagens misteriosos como a Loira do Banheiro, a Cuca e o Chupa-Cabras fazem parte dessa grande aventura na qual você pode ser o detetive!

Os monstros brasileiros resolveram aprontar uma grande confusão, mas não imaginavam que poderia haver um traidor entre eles. Com a ajuda do Negrinho do Pastoreio, o leitor poderá dar uma de detetive para desmascarar o traidor e, ao mesmo tempo, aprender mais sobre nosso folclore.

Impressão e Acabamento: EGB - Editora Gráfica Bernardi - Ltda.